# 幸福練習簿

恩佐◎圖文

# 幸福的練習

還記得在我比較小的時候，我喜歡作夢……有小小的，也有很大很大的。可是怎麼實現我不知道，而且許多在學生時代幾乎沒有實現的可能。

後來我長大了，有了更多的自由去形塑人生的樣貌，不管哪一個部分，都有了更多決定的權利，但也發現責任好像無可避免的來臨。

有時候工作完了，就和朋友聊聊天，胡亂說話一個下午就過去了，可是在這些盡是生活瑣事的話題中，我常常發現，我們心裡都在作夢，也期待夢可以早日實現，於是我們願意此刻咬著牙努力著。可是如果說這些夢想的實現，都代表著某一種幸福的來臨，現在的我們卻是身體累心也疲倦，痛苦反而成了當下生活真正的本質，而那夢想那以為的幸福卻好像還很遙遠。

如果所有的夢都實現了，一定比沒有實現的時候幸福嗎？如果是，那樣的幸福又能不能永遠？這樣的疑問，讓我去想，真正幸福該怎麼定義，又該如何追求。

恩佐

我自己不太喜歡看教人幸福的書，不過許多人都希望我畫幸福的圖。於是每次下筆的時候，我往往是用自己當下的體會畫下來寫下來，後來大田的總編培園告訴我，不如將它集結成冊，於是我做了一些篩選，然後文字部分試著讓它很簡單很簡單。

寫序的此刻我的人生仍有一些艱苦的部分，不過我仍然經常享受著幸福，我發現有時候它跟努力沒有關係，也不會因為什麼夢想的實現就從此一勞永逸，把我的心擺進去，或許就是得到幸福最簡單的方法。當然，幸福似乎永遠會跟悲傷的黑暗並存，當我理解了，我就越清楚幸福最恆久的狀態。

書裡的一切，是我自己的體會，是我心裡願意相信的一切，同樣的，我也一直努力練習著的……

## 卷一 傾聽與擁抱的練習簿

## 卷二 改變與勇氣的練習簿



## 卷三 夢想與溫暖的練習簿



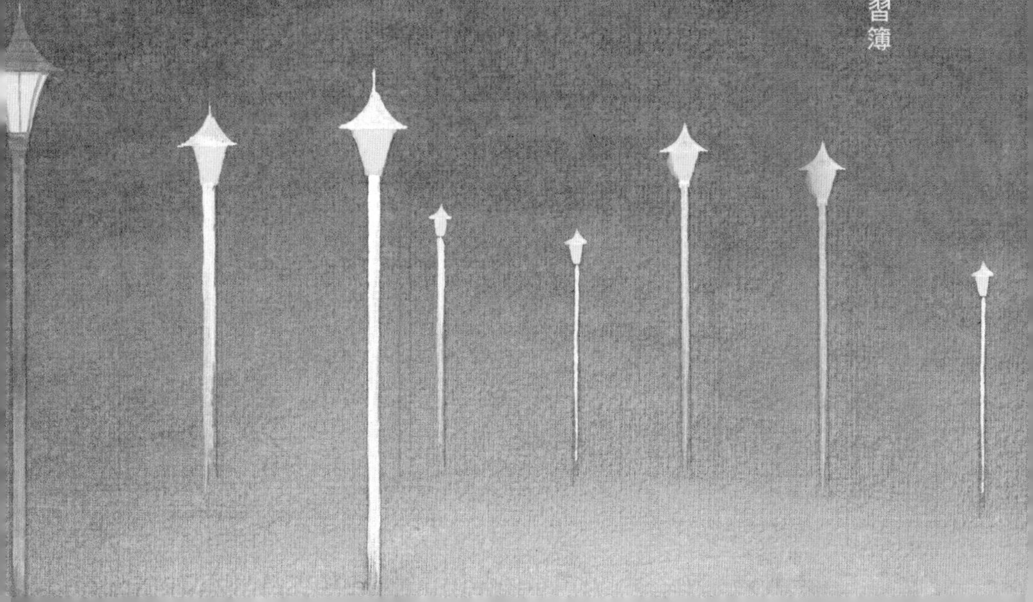

## 卷四 愛與天真的練習簿



## 卷五 選擇與單純的練習簿

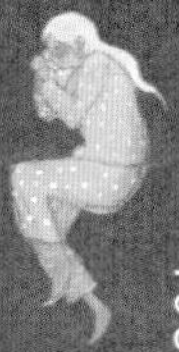

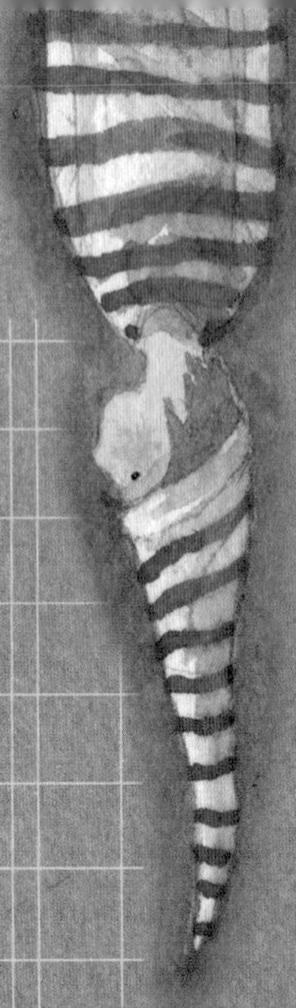

# 卷一

# 傾聽與擁抱的練習簿

# 沒有絕對

黑暗中透著光影
快樂裡伴隨著悲傷
沒有悲喜絕對的篇章
這是生命的縮影
也是愛情的模樣

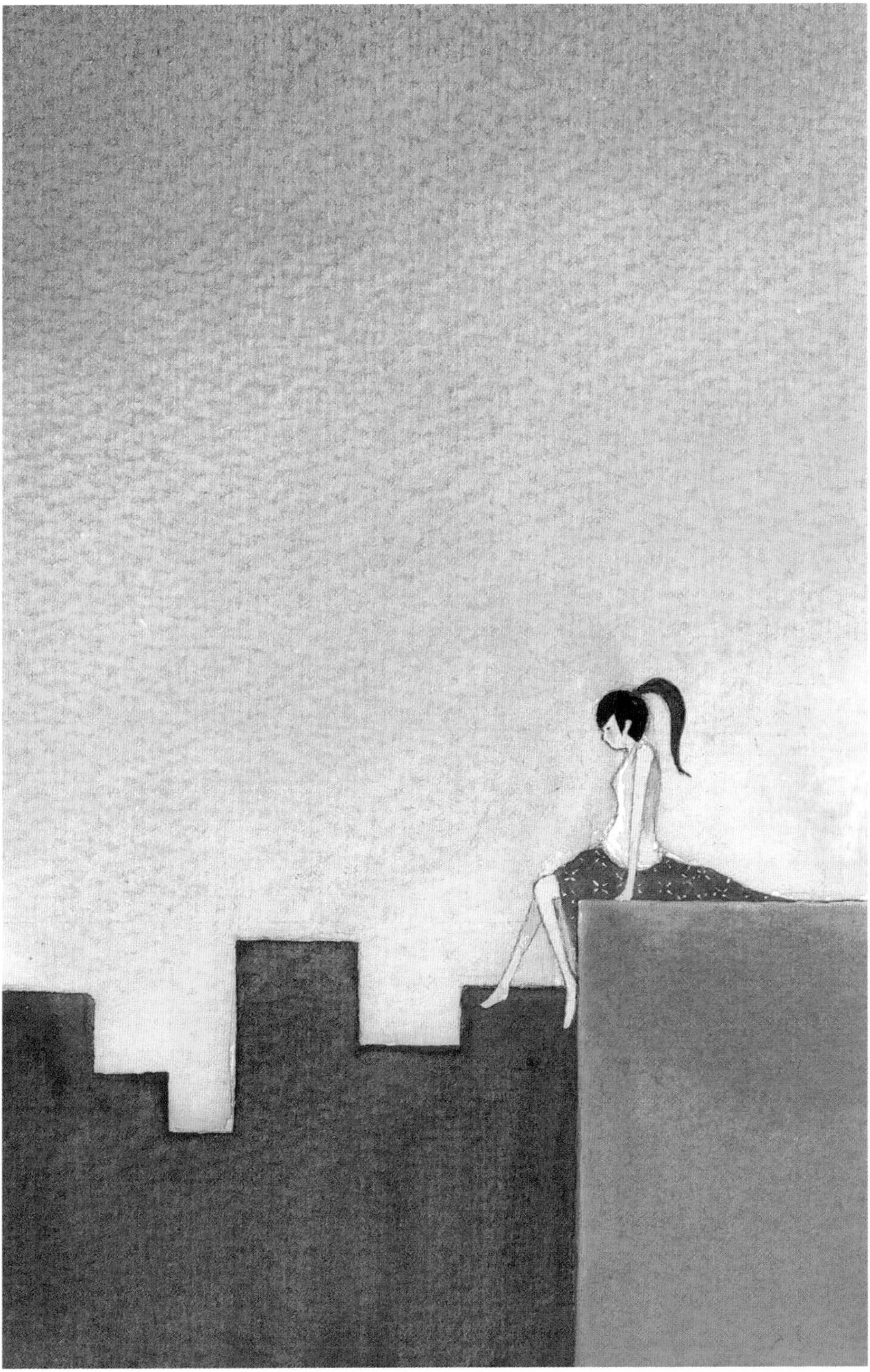

# 一小塊身體

不要叫我忘記誰
每一個過去
都是我一小塊身體
但它永遠也會為我
留一小塊空間
讓我迎接嶄新的愛情

# 擁抱

我終於明白
我的寒冷是因為我需要妳
只有妳的擁抱
才是我真正的溫暖

# 原因

我是忘記了愛情
還是戰勝了寂寞

# 這樣而來

原來在一個不起眼的角落
我只是好奇的望一望
直到有天
我敞開雙手
色彩取代了黑白
原來愛情就是這樣而來

# 揭曉前

最後是誰離開誰
其實誰也不知道
就算是上天安排的惡作劇
答案還未揭曉前
我們盡興的跳舞吧

# 但是

歡迎你來到我栽種的花園
其實我不喜歡園藝
但是
我喜歡你開心

# 寬恕

聽說名叫寬恕的花
越來越沒有市場
因為相較於憤怒而言
需要更多的耐心栽培

# 依賴

依賴的越深
負擔是不是就越大
妳怎麼想

# 牆

我們之間
看似很近其實遙遠
因為沒有人
願意爬過一道又一道的牆

# 惡魔

與其分辨你愛的那個人是誰
不妨分辨你自己
如果你更適合惡魔
那麼那個他
不是天使又何妨

# Let's Go

科學家說
火星下一次大靠近
要二八七年後
沒有意外的話
那一天
我們一定分手了
所以無論如何
今晚
一起去看火星吧

# 陪著

我可以看見光
但是我知道你現在卻陷在黑暗裡
我不會告訴你世界有多亮
我只希望我的愛
可以陪著你找到一絲絲快樂的曙光

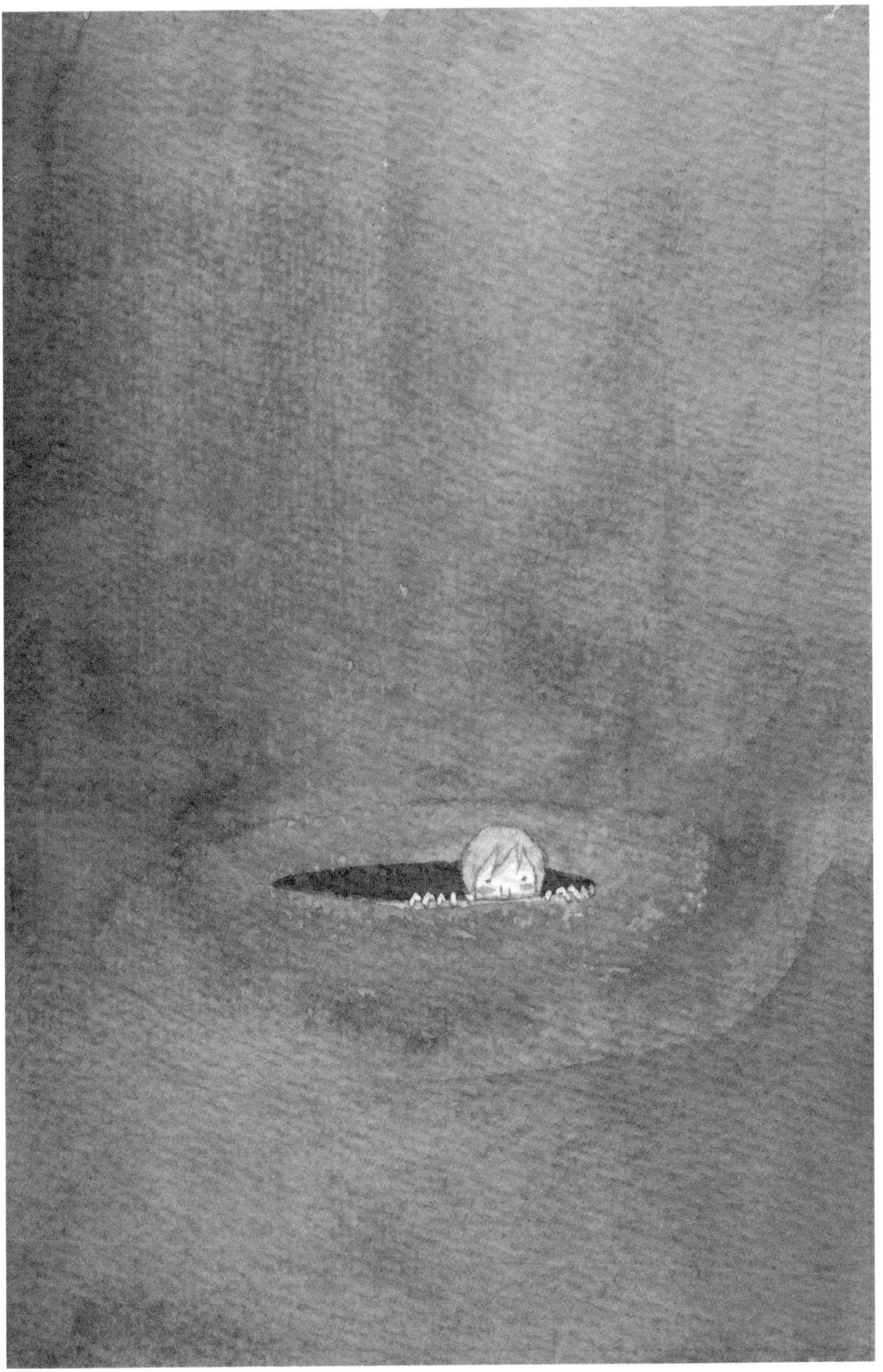

# 旅行

與其擔心能否到達目的地
不如享受這場奇特的飛行
愛情就要這樣
真的

## Just do it

愛情只能被描述
好像永遠沒有解答
所以忘了專家說的
自己去試試看吧

# 尊寵

我們都太尊寵
忘了平民般的笑容
於是無數的交會中
愛情不曾微笑對我

# 戀曲

人魚都是戀人變的
因為愛情
他們唱出了
動人雋永的旋律

# 晚餐

寂寞的餐桌
寂寞的碗
等待寂寞的人
共進晚餐

## 流星

當流星落下
是否又有兩個寂寞的靈魂棄守
唉
寂寞單身俱樂部又得縮編

# 幻滅

幻滅了其實也是好的
它讓我們清楚自己愛的假象
讓我們明辨那個夢
在我們心裡有多少重量

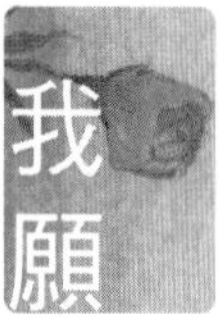

# 我願意

如果可以讓你感覺我的愛
如果可以讓你開心
就算樣子滑稽
我願意

# 因為愛

有一天
我們會驚訝的發現
是因為愛情
讓我們再也不敢輕易的
牽起對方的手

# 發現

一朵愛開了
如果我們都雞婆一點
也許很快就可以看到第二朵

# 分享

愛的活力
來自於分享

# 卷二

# 改變與勇氣的練習簿

# 我的臉

我的耳朵我的嘴

我的鼻子我的眼

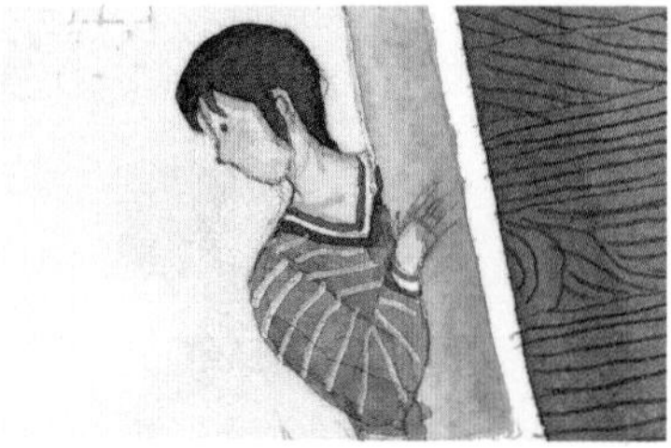

我喜歡這張照片

因為那個的我　正注視妳的臉

# 所謂愛情

我曾經為愛付出一切

也曾經為愛傷心落淚

後來我發現真正的愛情

是我愛她　而她也愛我

# 算術

心裡的缺口有幾處

身體的傷口有幾痕

數學老師不會說

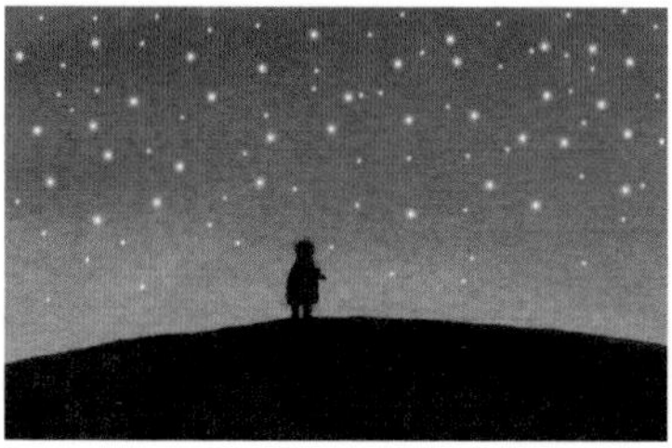

最幸福的　是那些不懂算術的人

# 下午三點

點了一杯咖啡

我聽著慵懶的爵士樂

我喜歡下午三點

喜歡那種在人群中慵懶的感覺

恭喜我們可以放鞭炮

恭喜可以拿到大大的紅包

恭喜我們有一個好長的假期

恭喜我們終於可以聚在一起

# 恭喜

天使真的有翅膀嗎?

天使真的有翅膀

# 虛偽

是情勢所逼

是保護自己

是貪心別人更多的愛

我們的真實的殘缺
最終能因虛偽而改變嗎?

幸福是收到禮物

是完成夢想

是跟愛的人在一起

幸福是把幸福也分享給別人

所謂幸福

沒有交集的那個陌生人算不算活著

# 活著

無法見面的朋友算不算死去

每個身體從來都是孤獨的

所謂的陪伴是因為
有些人可以活在我們的心裡

你可以選擇流淚傷心

也可以自暴自棄

當然你也可以因此疏離

或者改變一切

# 如果

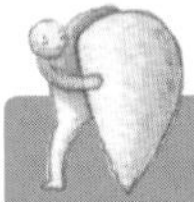

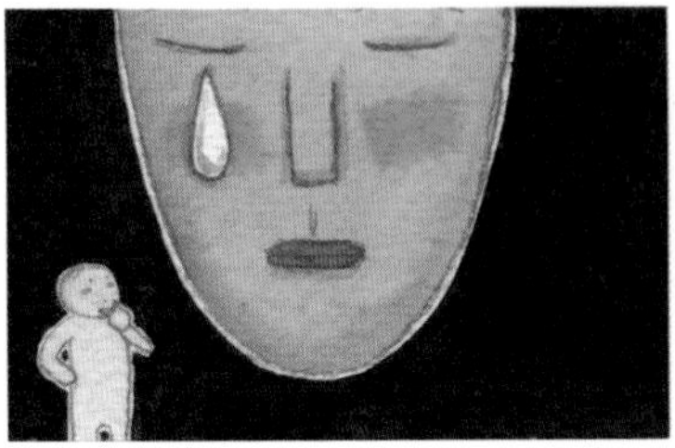

如果我們可以嘗試換個角度

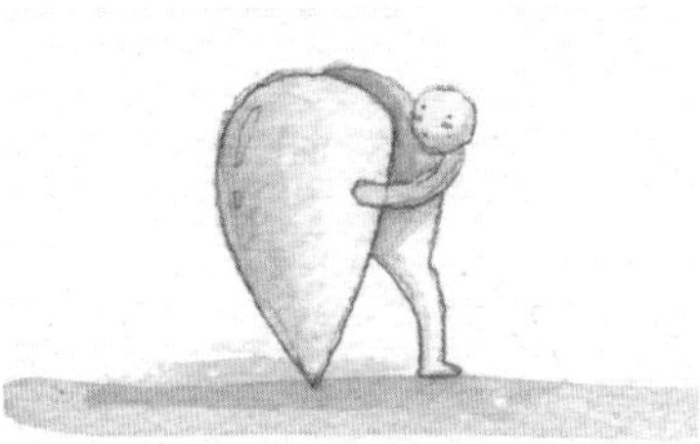

或者為它上一點顏色

當它開始影響每個人

這世界或許就有截然不同的氣氛

# 莫名其妙

我經常莫名其妙買了一堆東西

或莫名其妙的應徵了一份工作

甚至莫名其妙的愛上某個人

只是誰說
人不可以莫名其妙的得到幸福?

# 何妨

何妨換個髮型

何妨換件從未嘗試的新衣

何妨讓別人開懷一下

何妨對身邊的人說：我愛你

## 費用

空運來台的時鮮:六千元

標榜無污染的觀光景點:五萬

和愛人住在豪華的別墅裡:天價

花錢買快樂 不如用心找幸福

# 出口

我感覺自己陷在黑暗裡

身旁只是一片混亂

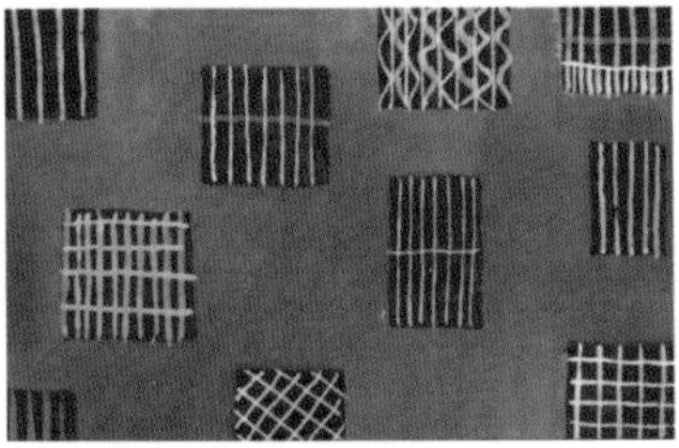

這世界真是沒有出口

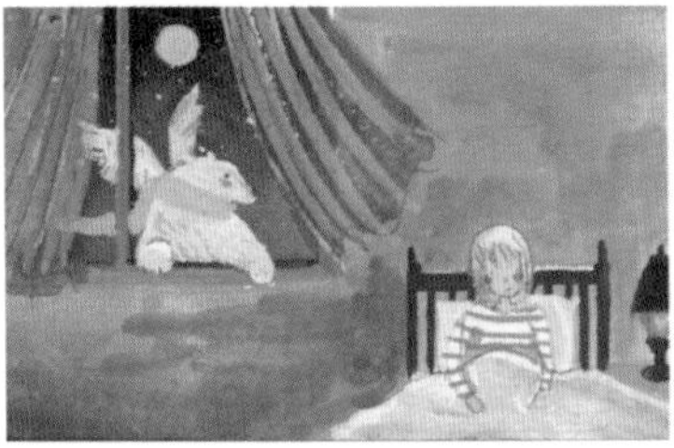

還是我忘了給自己的想像開一扇窗

# 價值

有些昂貴的　可能來自外在

有些也可能是你心裡的東西

我以為的價值

是它帶給我多少的幸福與滿足

政客騙了我

商人騙了我

就連我愛的人也欺騙我

但至少我可以對自己誠實

# 逝去的

逝去的如果能再重溫

當然令人開心

逝去的如果不能再重溫

又何嘗不值得慶幸

# 民之所欲

這是一場高成本的拳擊

大家就算餓著肚子也要以身相挺

可是明明是藍寶寶與綠寶寶的互毆

為什麼受重傷的卻是你和我

# 卷三
## 夢想與溫暖的練習簿

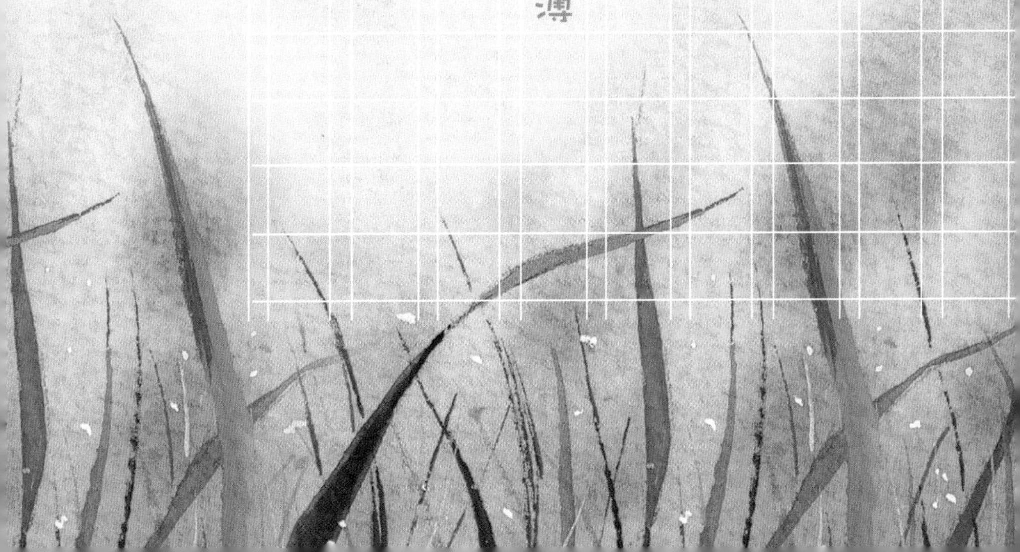

# 還好

撕開的那一刻
我一度以為自己完了
可是後來發現
一切其實也還好

# 原來

我被世界的吵雜干擾了
我知道
如果我靜下心來
一定可以清楚的回憶起
妳原來的美麗

# 往前

我們是不是總得不停往前
然後在深夜的時候
悼念不再回頭的夢想

如果你用愛與尊重去對待一條魚
牠們也會不吝嗇的
用最棒的色彩回饋你
魚是這樣
人　好像也是

# 家

我心繫著家
於是我無法飛得太遠
然而家繫著我
所以飛的時候
我不怕危險

# 深呼吸

我開始深呼吸
不讓自己這麼ㄍㄧㄥ
哭泣爭吵都變縹緲
我聽見歡笑
七種顏色
開始渲染我腦中的黑白
我輕輕的吐了一口氣
身體起飛越來越輕
越來越輕……

# 方向

順著一盞盞溫暖
我找到明確的方向

# 單身

不用異性的考驗
沒有煩人的妥協
是的
我是自己的公主
也是最美的公主

# 金魚

我的金魚不會飛
也沒想過要減肥
牠跟我說
小小的世界裡
一樣有小小的幸福
你又何必羨慕
那遙不可及的大海

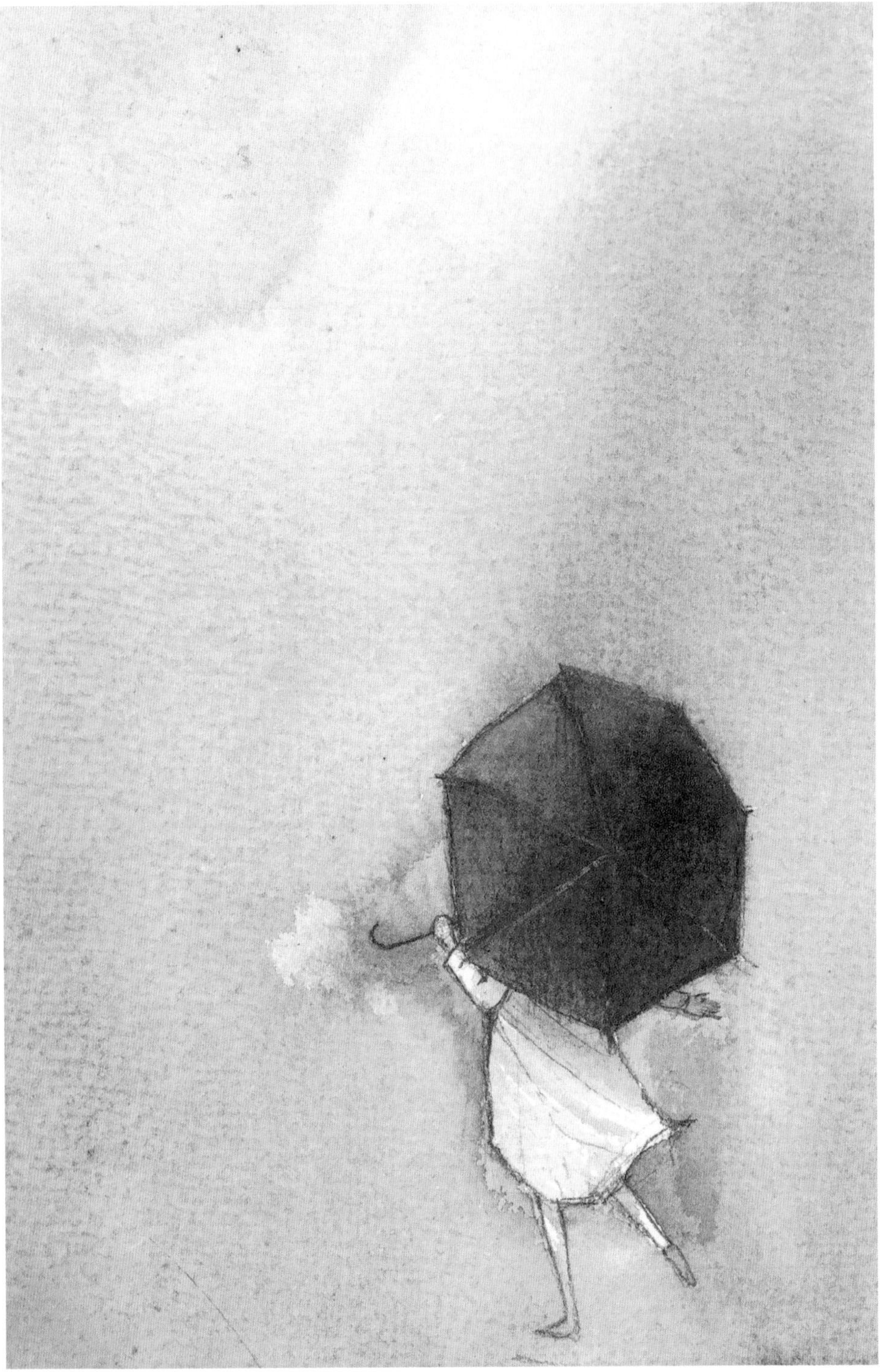

# 彩虹

美麗的彩虹
往往出現在
潮濕的心開始放晴

# 寂寞

嘿　跟你說喔

我加薪了

# 無限

我的床好小好小
可是
我的夢卻無限大

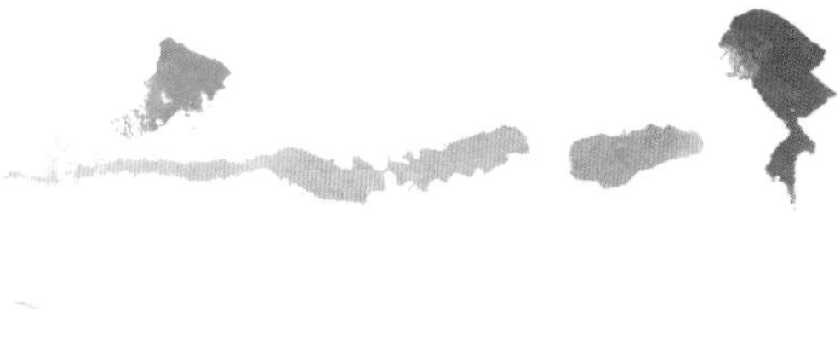

# 夢想

我不寂寞
我正在跟風說話
風會把我的夢想
帶到全世界

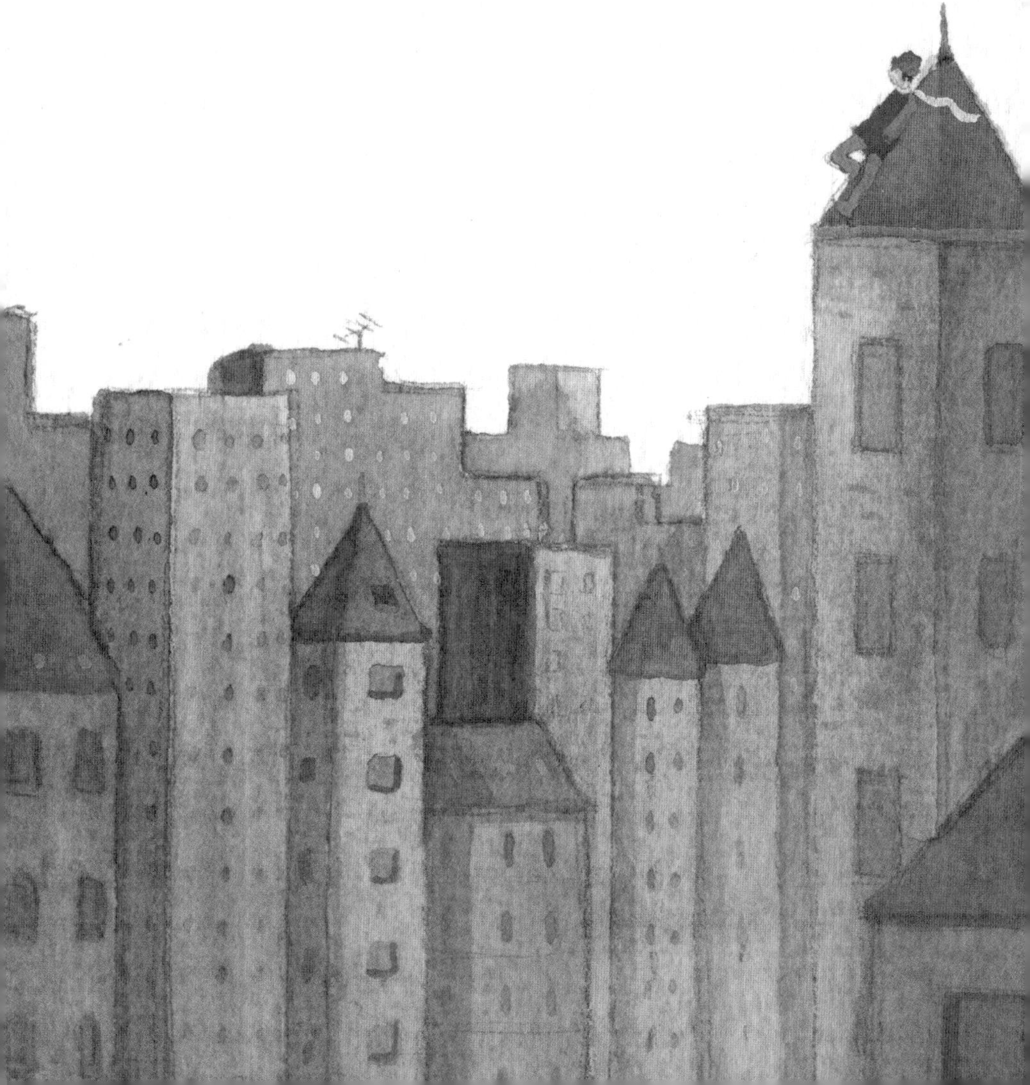

# 源頭

當我試著冷靜看待
我發現每一場風暴
背後都有個
可以平息的源頭

# 勇氣

其實你並不是困在黑暗裡
你只是缺乏走出來的勇氣

# 平靜

我常常覺得
當我感到有充分的休息
是因為我的內心先平靜了

# 寄託

你一定不懂
我怎麼可以忍受孤獨
我的喜怒哀樂又找誰分擔
其實每一個看似孤獨的身體
靈魂中都藏著
一個神秘的寄託

# 豬

又要許願了
可是不管目標再怎麼偉大
王子終究要不斷的發胖
但就算我會是隻庸碌的豬
我也要當一隻彩色的

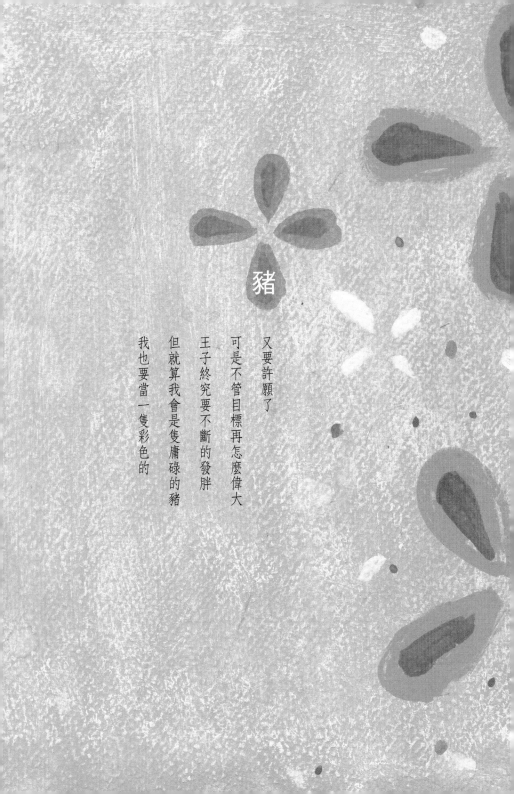

# 正義

非我族類是誰發明的
如果神愛世人
祂一定可以接受耶路撒冷
住著不同信仰的人
誰代表正義
如果有很多選項
我投「愛」一票

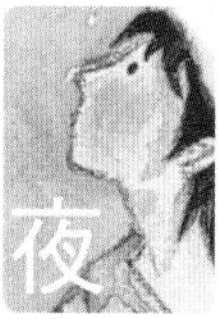


我總在最安靜的夜
才看到自己
那個自己
無關年紀
無關性別
無關我現在存在的一切

# 王子與公主

也許童話想告訴我們的是
過著幸福快樂的戀人
就是公主
就是王子

# 愛的魔力

那一天我遇見她
四週一片空白
空氣中瀰漫著花的香味
很久以後
我才明白
這就是人們所謂的
愛的魔力

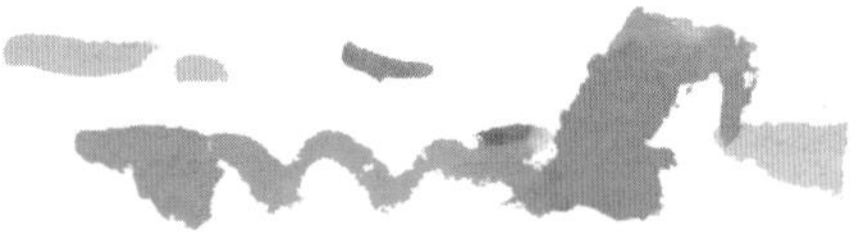

# 天空

我多久沒看天空了
他跟我原來想的一樣嗎

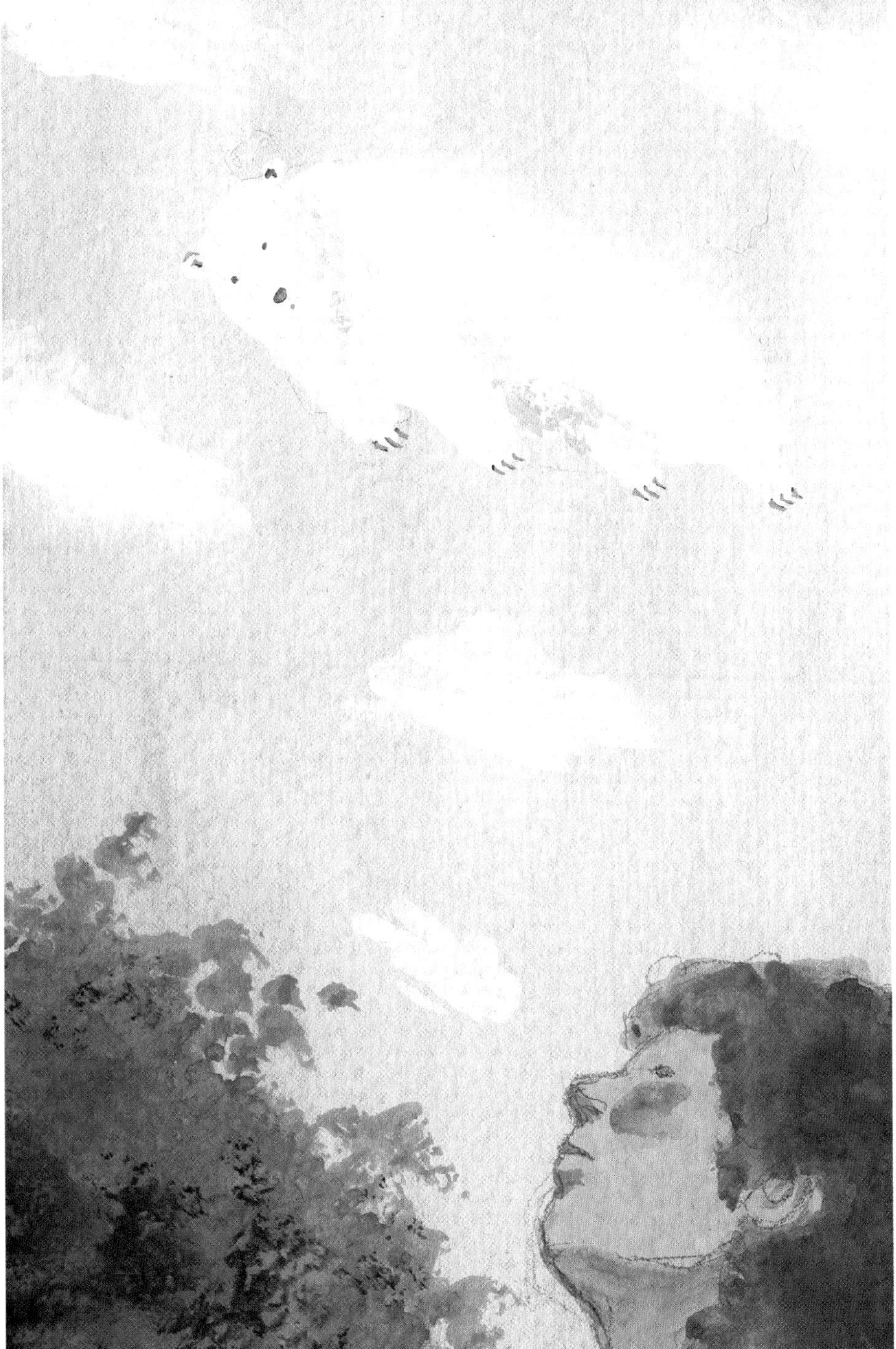

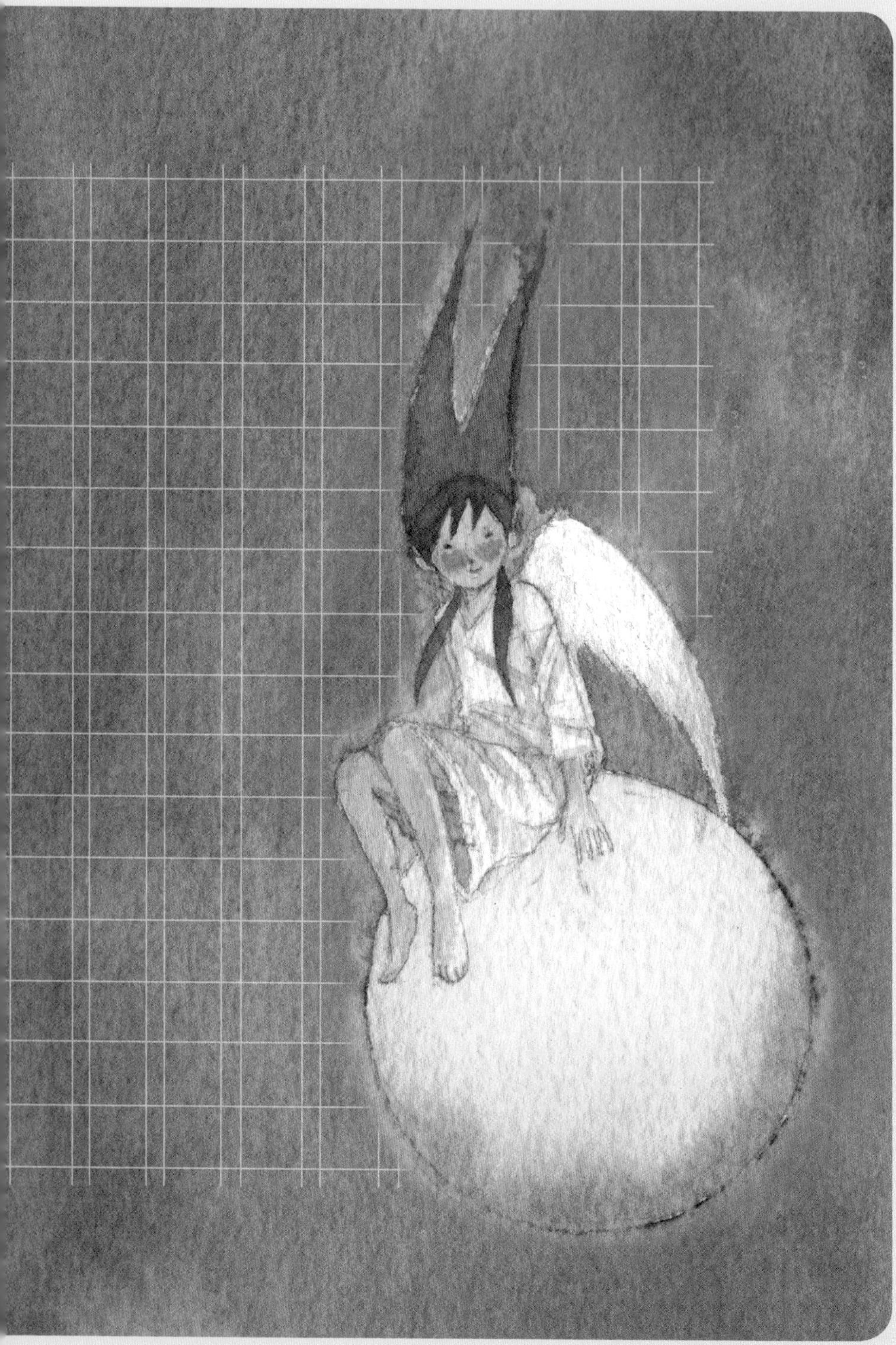

# 卷四

# 愛與天真的練習簿

# 快樂

有些人總是不停漂泊

有些人則眷戀而無法遠行

我們以為幸福的背後
其實都有不為人知的苦

但我們迴避的苦難中
或許也有無法言喻的快樂

# 規劃

先喝杯拿鐵　來首爵士樂

順便計畫一趟美好的旅行

或者去找忽略已久的朋友

我忙碌的規劃著　我想要的快樂

# 腳踏實地

每一個高高在上的人

背後都有一條繩子

如果你看見了

就會慶幸在地上的踏實

# 盲從

有些事物遙不可及

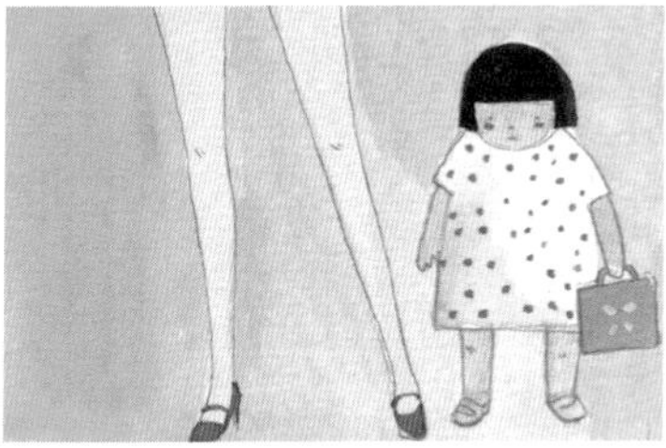

有些夢想再努力也沒意義

然而我們究竟注定要敗下陣來

或者只因為盲從了某一群人

# 關了冷氣

這是一個涼爽的季節

車內也清涼無比

就連電視上的人也忘了換季

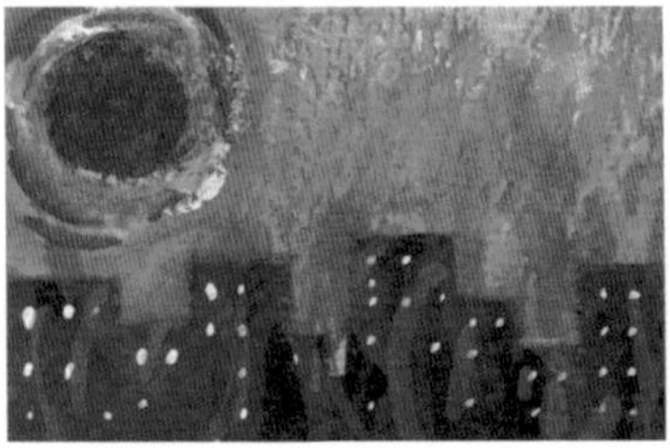

於是整個世界漸漸的陷入火焰裡

# 星光

一個人回家了

一些人也陸續回家了

最後每個人都回家了

沒有星星的夜晚
回家的人在地上
綻放另一片星光

就算許了願也不會返老還童

就算許了願也不會變得富有

許了願來年可否永保安康

許願其實是在實踐一個
充滿希望的人生

# 怪物

有時候我們自己看到了怪物

可怕的是還不只一隻

當他們決定了何謂正確的時候

你有沒有勇氣相信自己

熱心

天一冷　所有厚重的衣服都出籠了

大家相約吃起熱熱的火鍋

只是身體溫暖了

我們的心也溫暖了嗎

# 和解

有時候我們嘆息過去

有時候我們害怕面對未來

甚至就連自己的現在也感到懷疑

何不跟所有的自己來場和解

# 關鍵

只差一個好球　比賽就要結束

也可以說勝利的機會已極度渺茫

你理性的腦袋浮現了大量的統計數字

可是只有心才能讓你扭轉比賽

想望

他年收入千萬每天工作16小時

為了穿出高貴品味
她長時間維持辛苦的姿勢

他總算留住人人稱羨的女人
用的是無止境的付出

你想要的是什麼

# 説話

我曾經被逼著説話

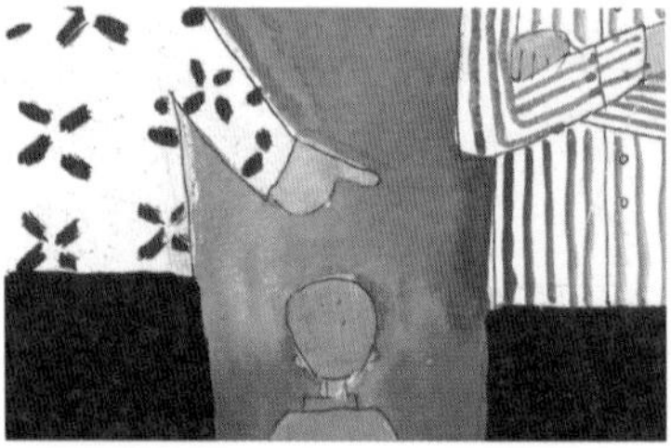

也曾經沒有人願意聽我講

當然我也發現了彼此搶著説話
或相對無言的人們

但還好這世界
仍有説與不説都讓我開心的人

我們和政客搏感情談理想

聽瘋狂的財富追逐者談人生觀

聽天生麗質的人教導我們如何跟她一樣美

我們和社會的亂源一起關心社會亂象

# 聲音

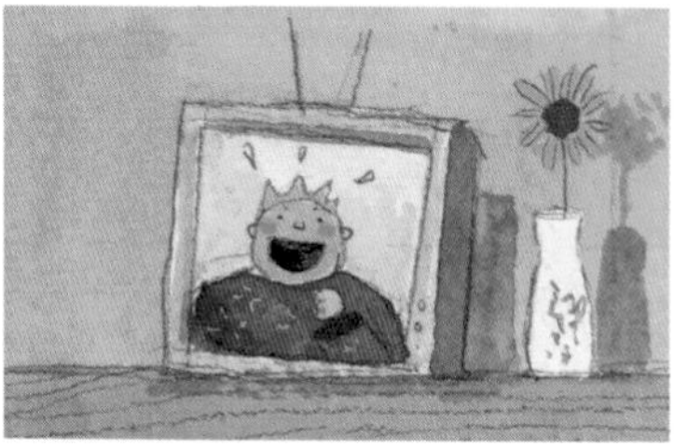

隨時都有人發出聲音

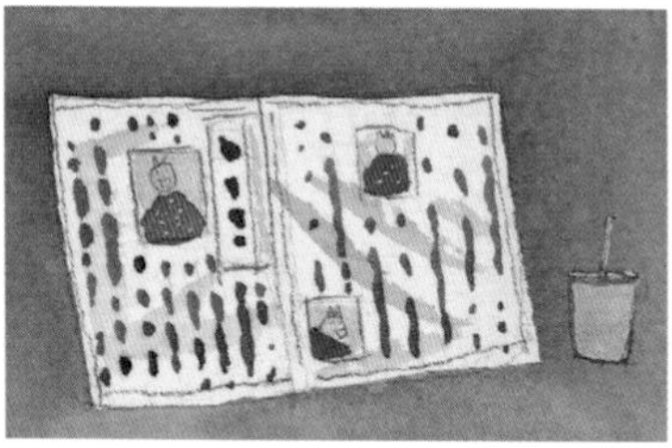

好多好多聲音

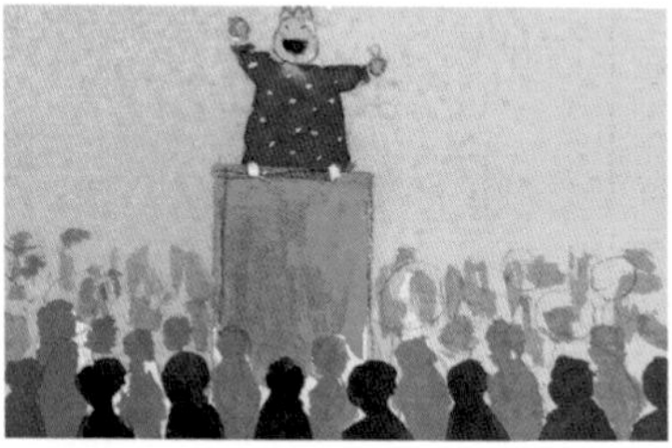

越來越大的聲音

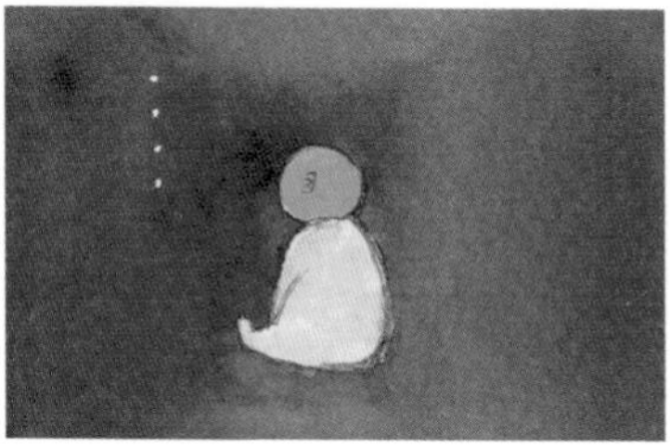

我們還能聽得見孩子的啜泣嗎

用自己的標準去評斷別人

或者用自己的期待去框架對方

甚至用自己得到的去嫌惡別人所欠缺的

如果你的身上也有不願承擔的無奈
那他們呢

# 卷五

# 選擇與單純的練習簿

就算只是一朵小花
即使生命如此短暫
我們也要努力的綻放

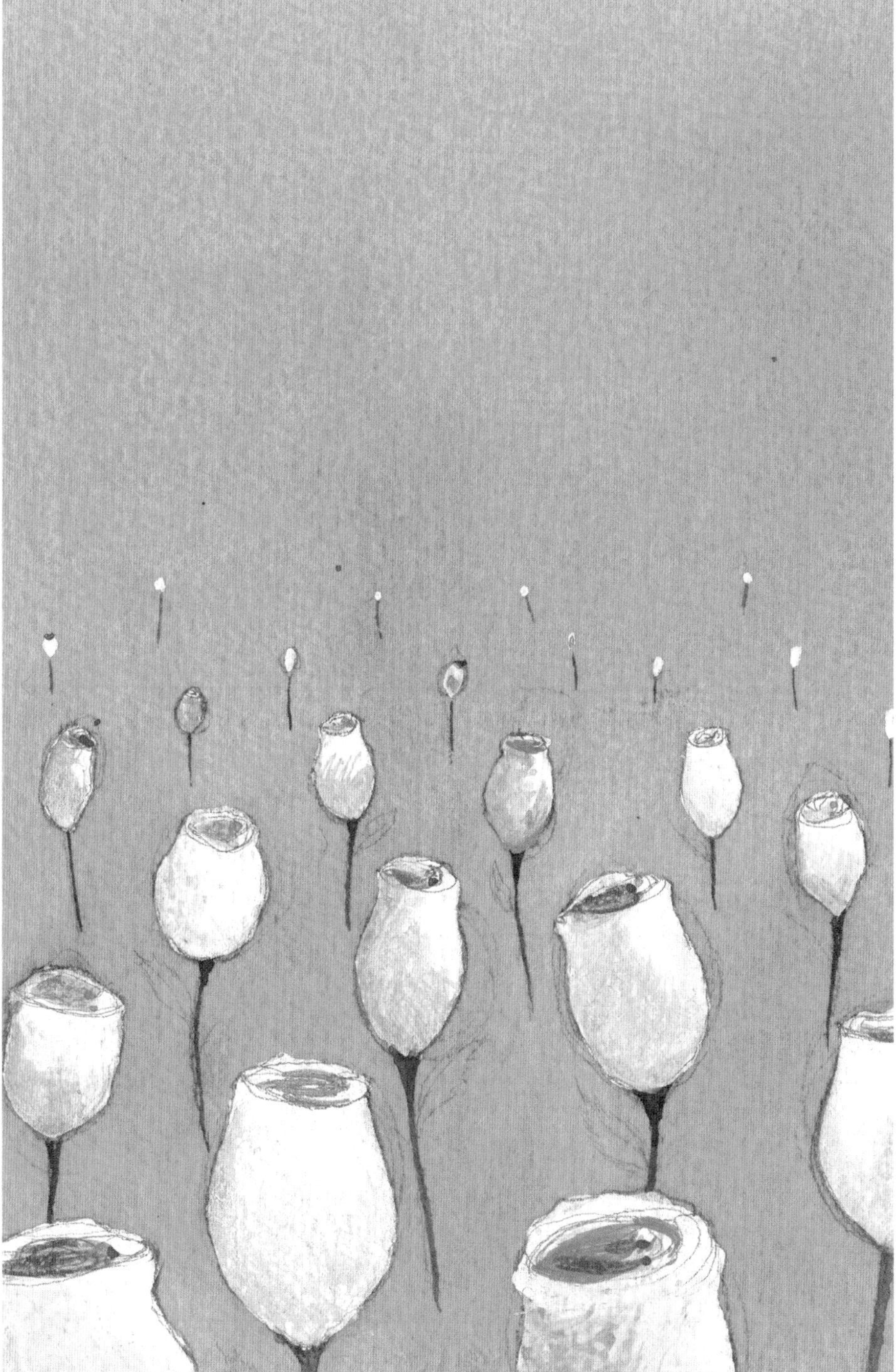

# 膚色

你知道有些魚
會因為地盤互相驅趕
人類好像也會
這樣說來
人類是跟魚學來的嗎
當然不是
因為除了地盤
我們連膚色不同都可以幹上一架

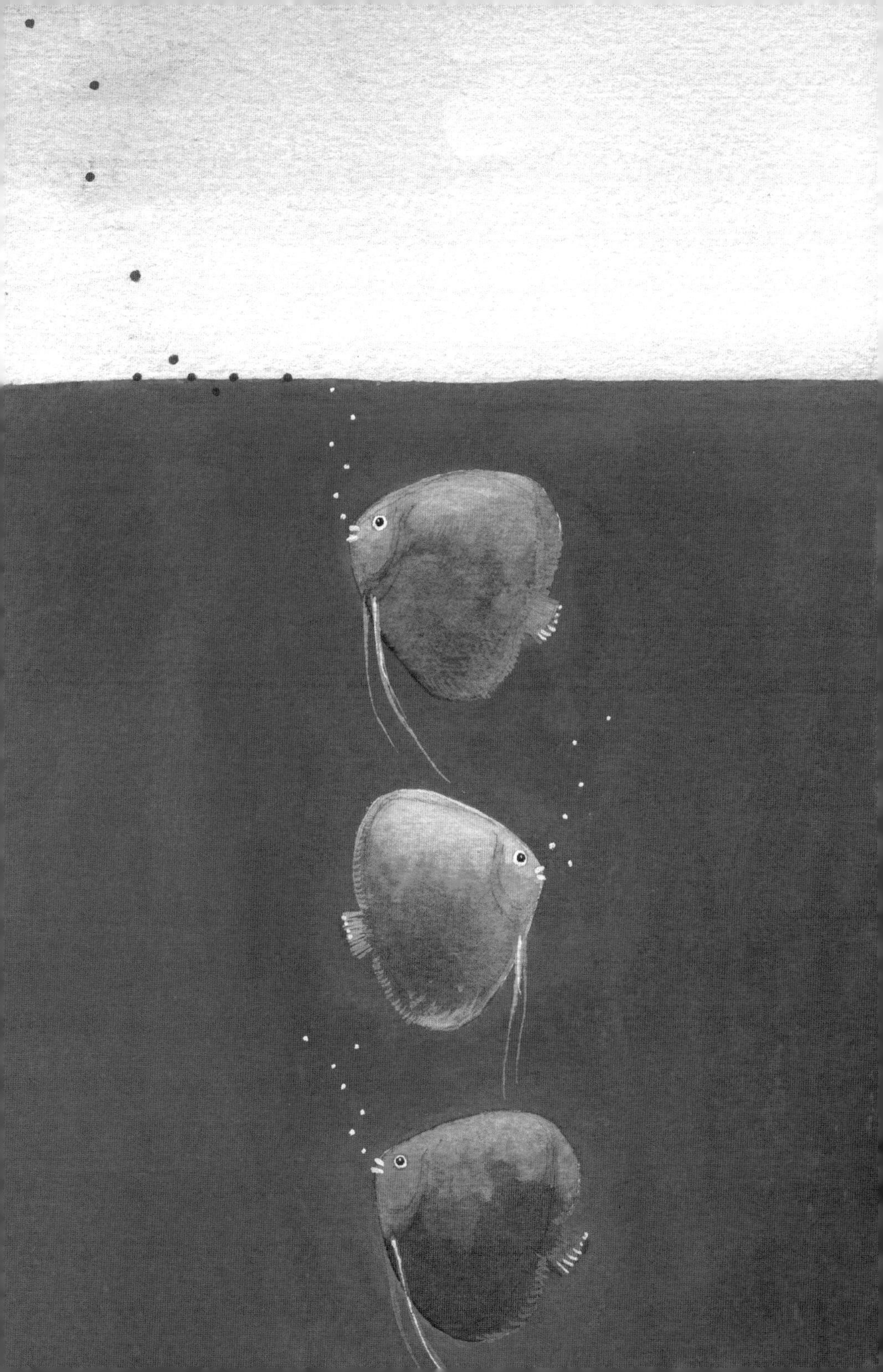

# 紅與綠

那滿身的綠
可以襯托花的嫣紅
莖葉之於花如此
悲傷之於快樂也是

# 尋找

哪怕是再晦暗的夜
也會有人用力的唱歌
只要我們用心去找尋

# 自己

達人指定的
偶像代言的
電視雜誌推薦的
你都不要管他
去你自己想去的地方

# 一點點勇氣

也許只要一點勇氣
我就可以在絕望中
發現甘甜與美好

# 苗

我種了一棵樹
想像最後
它會變成一座森林
然後所有的動物都會來和我做朋友
那一個下午
我像一個呆瓜
一個快樂的呆瓜

# 相聚

花開的那一天
也就是雪人要融化的時候
有人因為這即將的消逝而感傷
有人卻對這短暫的相聚
而感動不已

# 趁現在

趁現在
也給我一個擁抱

# 1 偉大

命運的捉弄
也許是考驗我們
何謂懦弱何謂剛強
誰是平凡誰是偉大

1
2
3

# 天使的禮物

苦難
是不是頑皮天使送禮前
精心設計的惡作劇

# 握手

下次真的不要太情緒化
你看現在是不是進退兩難
好吧
我先開口
下來吧
我們還是愛你的

# 笨

我常常覺得
何不用一場球賽
來解決所有的紛爭
我知道我這麼說
一定有人說我太天真
我認為他們的批評很中肯
因為我只是太天真
至於發動戰爭的人
是笨

S
B
O
HOME
FAMILY

# 唯心

當我微笑
世界充滿著色彩
當我微笑
世界就跟著微笑

# 純飛翔

有一天
如果我們懂得
單純的飛翔
也許上帝
就會送給每個人
一對美麗的翅膀

# 以後

哪怕我應該當個穩重的爸爸
我不管
我以後一定要跟我的小孩爬到屋頂上

# 星星

沒有月的夜
我點了盞微光
向天空訴說我的夢想
沒人聽見
也沒有人回答
然而遠方有顆星星微微發亮
他似乎正鼓勵著我那膽怯的勇氣

# 簡單

在七彩炫麗的世界裡
單純簡單反而珍貴

# 炊煙

家的炊煙
指引著我
在漫長的旅途中
不致迷途

# 寂寞的利多

我可以做我想做的事情
我可以到我想去的地方
喜怒哀樂不必說明
任性幼稚沒有顧忌
一切只跟自己有關係
這是寂寞的權利

DKNY

# 放下

既然期待一趟全新的旅程
一切我何不都放下

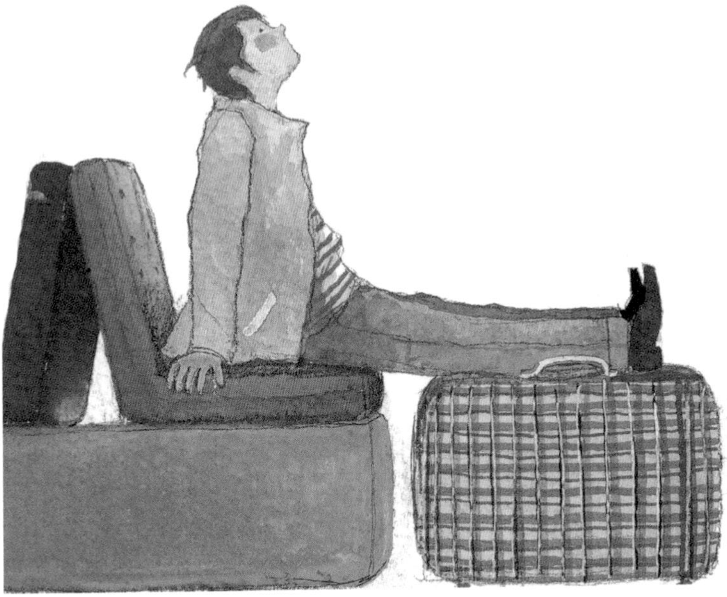

# 選擇

陽光提供了明亮
也製造了黑暗
它讓我們有選擇的權利

# 父親

其實他一揮拳
我就扁了
可是他卻將我輕輕抬起……
我好奇的問他
他說
因為他的心中有一份溫暖
那是他兒時
另一個巨人送給他的

# 家人

即便處在艱難的世界
有了家人的陪伴
我不害怕

# 你的歌

你一定有首深刻的曲子吧
只要你願意
我很想傾聽

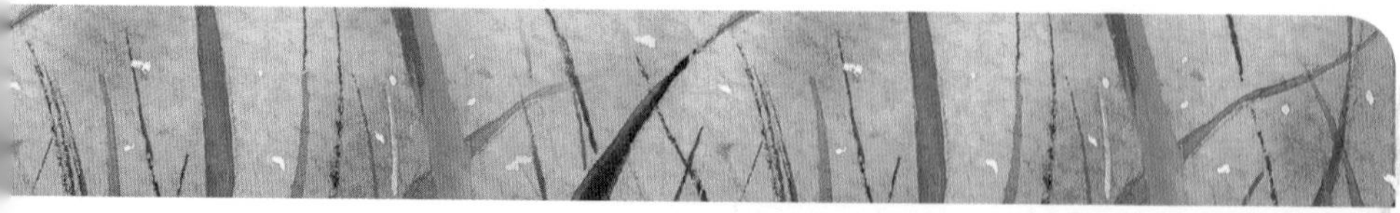

跟朋友在一起的心情

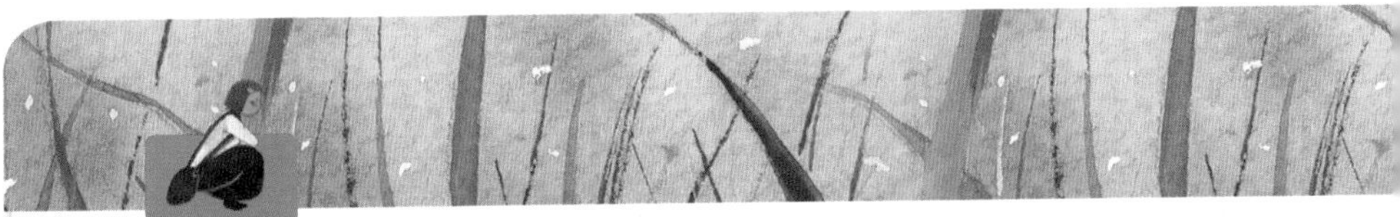

# 我的 幸福練習簿

## ❶ 傾聽與擁抱練習

寫寫自己的心事

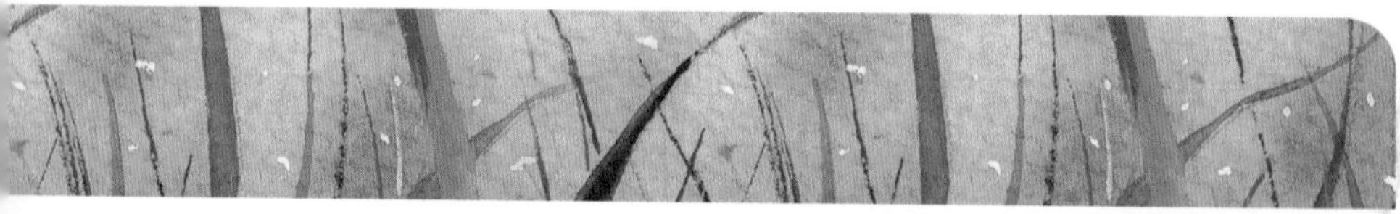

想要說的愛情告白

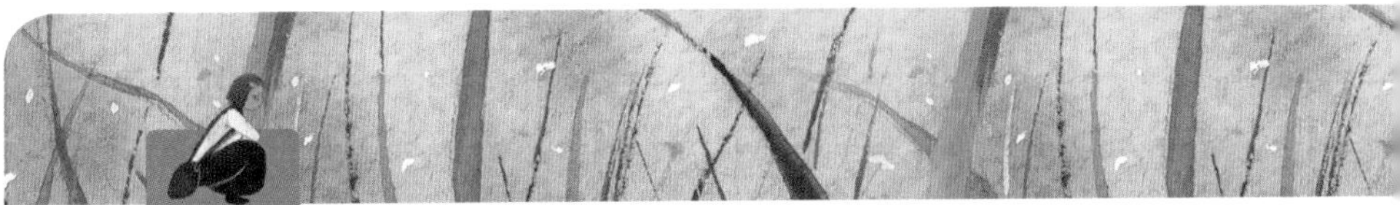

# 我的 幸福練習簿

## ❷ 改變與勇氣練習

從今天開始要改變的習慣

最近讓自己哭泣的事情

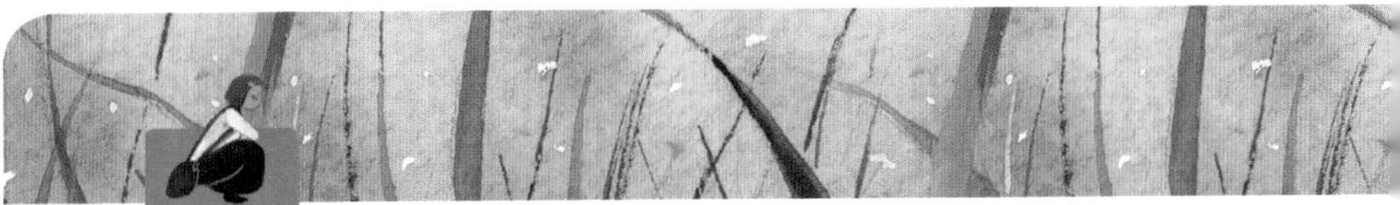

# 我的 幸福練習簿

## ③夢想與溫暖練習

我想要完成的夢想

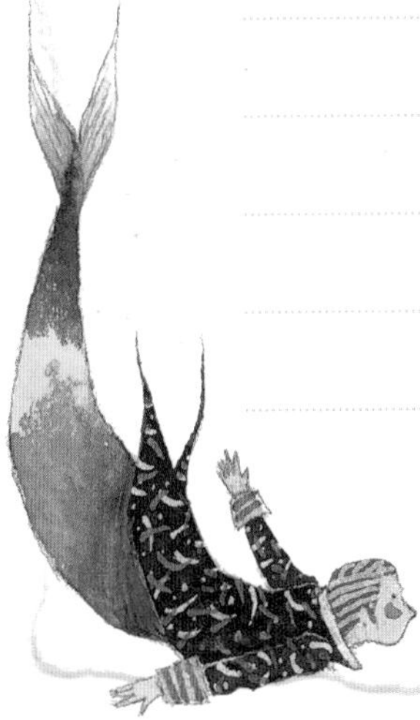

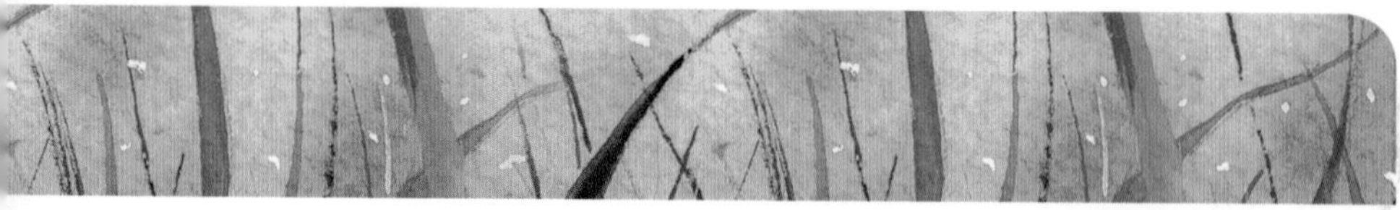

## 5 選擇與單純練習

今晚要吃豬排飯還是咖哩牛肉飯？

今晚是否想要看星星？

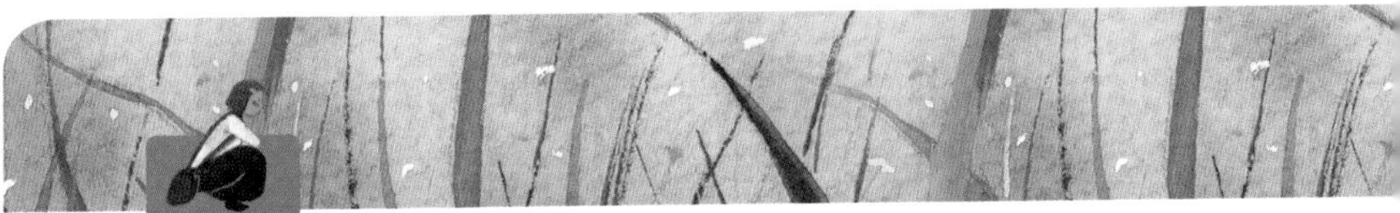

# 我的 幸福練習簿

## 4 愛與天真的練習

最近說過的傻話

最近做過的蠢事

幸福練習簿／恩佐◎圖文.
-- 初版. - 臺北市：大田，民96
面；　公分.—（視覺系；020）
ISBN 978-986-179-052-7（平裝）

855　　　　　　　　　　　96007621

視覺系020

# 幸福練習簿

恩佐◎圖文

出版者：大田出版有限公司
台北市106羅斯福路二段95號4樓之3
E-mail：titan3@ms22.hinet.net　http：//www.titan3.com.tw
編輯部專線：（02）23696315　傳真：（02）23691275

【如果您對本書或本出版公司有任何意見，歡迎來電】
行政院新聞局版台業字第397號
法律顧問：甘龍強律師

總編輯：莊培園
主編：蔡鳳儀　編輯：蔡曉玲
行銷企劃：黃冠寧
網路編輯：陳詩韻
美術視覺構成：張珮萁
校對：蘇淑惠／恩佐

承製：知己圖書股份有限公司　電話：(04)23581803
初版：二〇〇七年（民96）六月三十日
四刷：二〇一一年（民100）七月二十二日
定價：270元

總經銷：知己圖書股份有限公司
郵政劃撥：15060393
（台北公司）台北市106羅斯福路二段95號4樓之3
電話：（02）23672044/23672047
傳真：（02）23635741
（台中公司）台中市407工業30路1號
電話：（04）23595819
傳真：（04）23595493

| 廣 | 告 | 回 | 郵 |
|---|---|---|---|
| 北區郵政管理局登記證北台字1764號 | | | |
| 免 | 貼 | 郵 | 票 |

From：地址：

姓名：

To：**大田出版有限公司　編輯部收**

地址：台北市 106 羅斯福路二段 95 號 4 樓之 3
電話：(02) 23696315-6　傳真：(02) 23691275
E-mail：titan3@ms22.hinet.net

＊請沿虛線剪下，對摺裝訂寄回，謝謝！

# 大田精美小禮物等著你！

只要在回函卡背面留下正確的姓名、E-mail和聯絡地址，
並寄回大田出版社，
你有機會得到大田精美的小禮物！
得獎名單每雙月10日，
將公布於大田出版「編輯病」部落格，
請密切注意！

大田編輯病部落格：http：//titan3.pixnet.net/blog/

智　慧　與　美　麗　的　許　諾　之　地

＊請沿虛線剪下，對摺裝訂寄回，謝謝！

閱讀是享樂的原貌，閱讀是隨時隨地可以展開的精神冒險。

因爲你發現了這本書，所以你閱讀了。我們相信你，肯定有許多想法、感受！

## 讀 者 回 函

**你可能是各種年齡、各種職業、各種學校、各種收入的代表，**
**這些社會身分雖然不重要，但是，我們希望在下一本書中也能找到你。**

名字／＿＿＿＿＿＿＿ 性別／□女 □男 出生／＿＿ 年 ＿＿ 月 ＿＿ 日

教育程度／＿＿＿＿＿＿＿＿＿＿

職業：□ 學生 □ 教師 □ 內勤職員 □ 家庭主婦
□ SOHO 族 □ 企業主管 □ 服務業 □ 製造業
□ 醫藥護理 □ 軍警 □ 資訊業 □ 銷售業務
□ 其他 ＿＿＿＿＿＿＿＿

E-mail/＿＿＿＿＿＿＿＿＿＿＿＿＿＿＿＿ 電話/＿＿＿＿＿＿＿＿

聯絡地址：＿＿＿＿＿＿＿＿＿＿＿＿＿＿＿＿＿＿＿＿＿＿＿＿

**你如何發現這本書的？** **書名：幸福練習簿**

□書店閒逛時＿＿＿＿＿書店 □不小心翻到報紙廣告（哪一份報？）＿＿＿＿＿

□朋友的男朋友（女朋友）灑狗血推薦 □聽到 DJ 在介紹＿＿＿＿＿＿＿＿

□其他各種可能性，是編輯沒想到的＿＿＿＿＿＿＿＿＿＿＿＿＿＿＿＿

**你或許常常愛上新的咖啡廣告、新的偶像明星、新的衣服、新的香水……**
**但是，你怎麼愛上一本新書的？**

□我覺得還滿便宜的啦！ □我被內容感動 □我對本書作者的作品有蒐集癖
□我最喜歡有贈品的書 □老實講「貴出版社」的整體包裝還滿 High 的 □以上皆非 □可能還有其他說法，請告訴我們你的說法

＿＿＿＿＿＿＿＿＿＿＿＿＿＿＿＿＿＿＿＿＿＿＿＿＿＿＿＿＿＿

**你一定有不同凡響的閱讀嗜好，請告訴我們：**

□ 哲學 □ 心理學 □ 宗教 □ 自然生態 □ 流行趨勢 □ 醫療保健
□ 財經企管 □ 史地 □ 傳記 □ 文學 □ 散文 □ 原住民
□ 小說 □ 親子叢書 □ 休閒旅遊□ 其他 ＿＿＿＿＿＿＿＿＿

一切的對談，都希望能夠彼此了解，否則溝通便無意義。
當然，如果你不把意見寄回來，我們也沒「轍」！
但是，都已經這樣掏心掏肺了，你還在猶豫什麼呢？
**請說出對本書的其他意見：**

大田出版有限公司編輯部 感謝您！